笑えばあなたも若返ります

読んで　笑って　元気に！

原　田　京　子

TTS新書

東京図書出版

読んで　笑って　元気に！

【目次】

1　あなたは笑えますか？……5
2　なん歳まで生きたい？……9
3　豪華客船のクルーズは？……13
4　Hug & Lunch Club って？……17
5　この川柳の意味は？……22
6　ご主人の料理　褒めてますか？……26
7　あら！　目線はわたしじゃなかったの？……30
8　病院の待合室はおもしろい!?……34
9　5月3日は「ゴミの日」？……40

10 人生のウラって？……45
11 〝のれん〟に裏と表がある⁉……49
12 「愛する」ってどういうこと？……55
13 異性の友だちをお持ちですか？……61
14 スイカひと切れが「地獄で仏」？……65
15 女子高生たちのおしゃべりにウウッ！……69
16 このプラスティック容器は〝チン〟用に作られた？……77
17 リサイクルショップで買っちゃった！……82
18 お葬式の前に忘れないように、ネ！……88

［付記］　少女が見た戦争……93
あとがき……122

1　あなたは笑えますか？

気の合う友だち5人で行きつけの喫茶店に行き、お茶を飲みながらいつものようにおしゃべりしました。全員70代の女性です。

この日は、74歳のサチエさんが、口に手を当てておかしそうにしゃべり始めました。

「あのね、このあいだ久し振りに古い友だちに会ったの。彼女が住んでる町の小さなホールで〝もっと笑いましょう！〟というテーマの講演会があったんですって。その話がおかしくて、クックックッ」

すると友だちの一人が、

「自分だけ笑ってないで、わたしたちにも教えてよ」と怒ったように言いました。

「ゴメン、ゴメン！　ほら、駅に行くとエスカレーターに乗ることがあるでしょ？　ある日、その講師だった男の先生がながーいエスカレーターに乗ったら、〝みなさん、危ないですから近くのベルトにおつかまりください！〟とアナウンスがあったんですって。

上へ動いているエスカレーターの手すりに先生が軽く片手を置いたら、なんだか体がうしろへ引っ張られている気がしたので、振り返ってみたのよ。そしたらナント！　80歳くらいの小柄な和服姿のお年寄りが、先生のズボンのベルトを両手でしっかりつかまえてニコニコしてたんですって！

先生はおかしくておかしくて〝放してください！〟とも言えず、2階までそのまま上がった、というハナシ。アッハッハッハッ……」

「はっはっはっ……。あ〜、おかしい！」５人全員が笑いました。


「つぎはちょっとむずかしいかな？

『ヨーロッパ絵画展』を観に行った60代女性の話なの。

学芸員とかいう若い男性が絵の傍で説明をしてたらしいの。

〝あれはモネの有名な『睡蓮』で……、これはセザンヌの静物画で……〟と。

つぎの絵は誰のかな？　と思ったら飛び越して行こうとしたので、

〝あのー、この絵は誰のですか？〟と尋ねたら、男性は〝うん？〟と振り返ってニヤリとしたかと思うと、

〝あっ、それはピカソですね〟と、かなり大きな声で言ったの。

表面がやけに光っているのでよく観たら鏡だったんですって！

〝ねぇ、ちょっと。これ鏡じゃないの？〟

〝そうです。絵じゃありません。鏡です〟男性はハッキリと言い返しました。

〝カガミ！〟彼女は思わず自分の鼻に手をやったんだって。

アッハッハッ……。手をたたいて笑った受講者もいたけど、キョトンとして笑わないひともいたらしいのよ」

「何がそんなにおかしいの？」

5人の友だちのうち笑ったのは3人だけでした！


さあ、あなたはどちらでしょう？

2　なん歳まで生きたい?

毎週1回、英語教室に通っている60代から80代前半の仲間6人が、授業終了後、中華料理店でお昼を食べながらおしゃべりしました。

「えっ！　80代になってもまだ英語を勉強するんですか?」って驚かないでください。

第二次世界大戦のとき旧制の中学生・女学生だった方たちは、「英語は敵性語だから」と教えられなかったのです。

それが敗戦後は英語・カタカナ語の氾濫で読めない、意味がわからない。それどころか、コンピューターが普及したら用語はすべて英語です。テレビを観てもよくわからない、息子・娘や孫たちと話が通じない、ではもっとつまらなくなってしまいます。

当時、英語を勉強したくてもできなかった高齢者たちは、〝今こそ英語を勉強できる！〟と、みんな張り切っているのです。


「そうだったのですか。奥さまも確か80代だとお聞きしてますが、それじゃあ、人生はまだコレカラということですね？」

60代がパチクリとした目をして尋ねました。

「そうそう、そうですよ。7年も介護した夫を見送って、保険金と遺族年金をもらって、自由に勉強ができるんです。これからが青春、いや清秋時代ですよ。まだまだ元気ですからね。やりたいことをやらなくちゃ！」

「自由でいいですねえ。それで？　なん歳くらいまで生きたいと思ってらっしゃるのですか？

わたしは今76歳ですが、二つも持病がありますので80歳まで生きられたらいいかな？　と思っているんですけど……」

「今のわたしの歳より若くで？　そんなこととても信じられませんよ。わたしは、そうですねぇ、100歳までは元気で生きたいです！」

「えっ！　100歳までは、ですって?!」

全員が驚きの声を上げました。

「でも、100歳なんて、今はそんなに珍しくはないでしょ？」

「そういえば、私のダンスサークルに、92歳で毎週、踊ってる方がいますよ。50歳から始められたと聞いてますので、もう42年になるんですねぇ。私など、まだ10年にもなってませんのに。皆さんほんとにお元気ですこと！」

70代が〝負けるものか！〟と言わんばかりに大きな声で言いました。

元気で英語を勉強し、ダンスを踊れる高齢者ばかりならいいのですが。すでに入院して人工呼吸器と点滴で生かされているひと、あちこちの病院を渡り歩いて薬漬けになっているひと、車いすでなければ動けないひと、ステッキに支えられてやっと歩いているひとなどなど、今の高齢者はいろいろですからね。

さて、あなたはなん歳まで生きたいですか？　生きられそうですか？

3　豪華客船のクルーズは？

2年前、高校の同窓会の二次会でおしゃべりをしているとき、友だちの一人から聞いた話です。

その友だちは毎月2回、地域の奥さま方と茶道の教室に通いつづけて20年になるとのこと。

ところが、ずっとご一緒だった84歳の秋子さんがこのところお休みなので、どこかお具合がわるいのでは？　と皆さんと心配していたのだそうです。

ところがある日、友だちは道でばったり秋子さんに会ったんですって。

「まぁ、秋子さん！　しばらくですね。お元気でしたか？」

「えーえー、とても元気ですよ。ほら、このとおり！」

秋子さんは、とても84歳とは思えないお元気な声でおっしゃると、いきなりロングスカートの裾を両手でつまんでクルリと回られたのです。

「実はね、先月3週間、エーゲ海とアドリア海のクルーズ旅行に行ってきましたのよ。亡くなった主人が建ててくれた家に同居している次男の嫁が、クルーズのチケットを買ってくれたんです。

そのあとでなんと！　パーティー用のドレスと豪華なネックレスに帽子、低いヒールのすてきな靴まで買ってくれましてね。まるでタイタニックに乗ったかのような豪勢な毎日でした。でも……」

「でも、どうかなさったのですか？」

「いいえ、なにかがあったということではないんです。ただ連れがなかったことが残念で、寂しくて……。

だって、ほとんどがご夫婦・母と娘・恋人同士・親友と一緒、という人たちばかりでしたから。

その間に年寄りの私が一人で入るのはとても難しくて……。いつも一人ぽっちでした。

でも、やさしい嫁と息子には感謝しています」

秋子さんの目には涙がにじんでいました。

友だちはこのことをすぐケータイで、お茶の仲間に伝えたのだそうです。

「まぁ、羨ましいこと！　たとえ独りでも、そんな豪勢なクルーズ旅行に行かせてくれる息子と嫁がいたら、どんなにいいでしょうねぇ！」

秋子さんに同情するより、誰もが羨ましがったそうです。

不思議なことに、秋子さんのクルーズ旅行は半年ごとに3回続きました。2回目はアメリカ・カナダ、3回目はイギリス・スコットランドだったそうです。

3回目に船のデッキチェアに横になってどこまでも続く青い海を眺めているとき、秋子さんはふっと、帰宅したときの息子と嫁の仲のよさ、解放感の漂う家のなかの雰囲気を思い出し、あることに気付かれたのだそうです。

「秋子さんはその後、どんなに勧められてもクルーズ旅行は断って、お茶のお稽古に専念されたんですって。

とってもとってもいいお姑さんになられたみたいよ」

さて、あることとは、いったいどんなことだったのでしょうね？

4　Hug & Lunch Club って？

私の住んでいた住宅団地は、山が開発されて住宅地となったところで、早45年が経とうとしていました。

当時、30代・40代で働き盛りだった住民のほとんどが、すでに後期高齢者になっています。

そのためいつの間にか、ステッキか杖を支えに歩く人たちが増えてきました。

また、配偶者や家族を失った独り暮らしの高齢者も年々増えてきています。

最近のニュースによりますと、特に女性がそのほとんどを占めているようです。

そんななか、40代という若さで夫ががんで亡くなり、独り身になってしまった恵子さんが、昨年の夏、〈Hug & Lunch Club〉というすてきな名の会を立ち上げました。

自分と同じように悲しくて寂しい日々を送っている未亡人たちが8名集まりました。スキンシップのない未亡人同士で思いっきり抱きしめ合い、そのあと、一品持ち寄りの手作り料理を食べながらおしゃべりをし、お互いに慰め励まし合うのが、このクラブの目的でした。

モーツァルトやリストの明るい曲に合わせて広いリビングルームを歩き回りました。曲が終わると、前と後ろの者同士で思いっきり抱きしめ合いました。

夫婦の温かいスキンシップに恵まれない独り身の寂しい奥さまたちは、この会に参加することで心身ともにどれほどやすらいだことでしょうか。

ところが、4回目を終わったところで、このクラブは中断してしまいました。友だちの一人がこんなことを言ったのです。

「ねぇ、恵子さん。この歳になってお料理を作って持って行くのはとても面倒で疲れるの。これからは上等の老舗《しにせ》から高級料理を取り寄せるとか、有名なホテルのレストランに行くとかしましょうよ」

「お気持ちはわかりますけど、この会の目的は〝食べること〟だけではないのよ。独り身になった友だち同士でHug し合い、おしゃべりし合って、胸に溜まったストレスを発散させることも大切な目的なの。

第一、私はあなたたちと違って貧しい暮らしをしてるのよ。わかる？

夫が亡くなったために40代から働いて子供二人を育て上げ、大学に通わせて独立させたのよ。裕福なあなたたちとは違うんだって、今やっとわかったわ」

恵子さんは涙ぐんで言いました。

亡くなった愛する夫の顔や姿が懐かしくて急に涙があふれ出しました。

「あら！　泣いてらっしゃるの？　ご主人を思い出して？　まだそうなの？」

「まあ！　あなたたちはそんなことないの？　寂しくないの？」

「そりゃあ、たまには寂しいこともありますよ。でも、ちゃんと看病もしたし、もううるさいこと言われることも指図されることもないし。それに、退職金と年金もあるし。子供たちは家庭を持って楽しく暮らしてるし。

今は自由。自由よ！　心身ともにパーッと解放されて今が最高だわぁ〜」

「そうよ、そうよ。わたしたちの世代は主人に従って長年尽くしてきたんですもの。

これからは自由な時間とお金をつかって自分を楽しませるときなのよ。恵子さん、あなたはそう思わないの？」

チガウ、チガウ！　ワタシはチガウ！　恵子さんはまた涙でした。

独りになるのは同じでも、その年代、時期、夫婦の愛、経済状態、子供の年齢、健康状態、したいことなどによって一人ひとり違うのだ、と思い知らされたのでした。

さて、あなたはどちらでしょうか？

5　この川柳の意味は？

これは、毎月1回開かれている、ある「川柳くらぶ」での話です。

会員15名のうち女性が3分の2を占めています。それも65歳を超えた元気で自由なひとたちばかりです。


ある日のこと。恵子さんはいつもの部屋の壁に「席題　胸」という筆書きの和紙が貼ってあるのに気がつきました。

男性も女性もいっせいに笑い出しました。「アッハッハッハ……」

みんなは何を想像したのでしょうか？？？　出題した当番の男性もうつむき

ながらニヤニヤしていました。

すぐに全員の句が集められました。会長と当番が選者となって、「前抜き」「五客」と「三才」の人・地・天を選び、一句ずつ読み上げました。

でも、当初の笑いはどこへやら。人前で発表されるとなると、みんなマジメになるんでしょうかねぇ。「胸さわぎ」とか「喘息で痛む胸」とか、どれもおもしろくないのです。やはり65歳を過ぎると、ロマンティックな表現は無理なのでしょうか？

ところが出題者の句「軸」で、次の句を見た女性全員が手をたたいて大笑いしました。

「日によって　高さがちがう　妻の胸」

でも男性は笑っていません。不思議です。

歳取った女性の多くは、デパートやスーパーで自分にぴったりのものを探すのにとても苦労しているから、です。

きっと男性には、女性たちの笑う意味がわからないのでしょうね。

大抵の男性は、昨夜と今夜とで妻の胸に変化があったら大変だ！　です。

この句を詠んだ男性は68歳で、いつも妻・女房・恋人・初恋・老いらくの恋を詠むひとでした。多分、奥さまをとても愛していらっしゃるのでしょうね。

服を着られたときの奥さまの姿もしっかり観察していらっしゃるのでしょう。

ロマンティックなこの方の句に、女性たちはいつも笑いを誘われ、気持ちが華やいでいました。

いまはやりのサプリより効果的かもしれません。フッフッフッ……。

ところで、「胸の高さがちがう」原因は、一体なんなのでしょう？

6　ご主人の料理　褒めてますか？

日本中が桜・桜の毎日です。お楽しみになりましたか？

ところで、私の住宅団地に「うるおいサロン桜」というシニアの料理教室があるんです。

いまのところ、会員は女性6人と男性2人だけです。

じゃがいもの皮をむいたり玉ねぎのみじん切りをしたり、積極的に指を動かしてみんなで料理をしています。何よりの楽しみは、出来上がった料理をみんなで食べながらおしゃべりをすることです。

ある日、「定年後の主人のこと」が話題になりました。

まあ、女性たちのしゃべること・しゃべること！　奥さまたちの胸には話したいことがいっぱい詰まっていたのでしょう。

「一日3回、主人の食事を準備しなきゃならなくなって、毎日、縛られているみたいなの。な〜んにもせず、ゴロゴロしてて、食べるときだけ2階から下りてくるんです。主婦にも定年がほしいくらいですよ」

「それが、主人が料理してくれればいいかというと、そうともいえないんですよね？　先週の日曜日に主人が〝うどん〟を作ってくれましたの。初めてなのよ。びっくりするやらうれしいやら。ありがたく押し戴いて、おつゆをひと口飲んだの。ナント！　カライのなんのって！

お出しの味なんかせず、塩としょう油と化学調味料の味だけなの。

〝あっ、カライ！　美味しくないです！〟とお箸を置いてしまったんです。そしたら、〝せっかく作ってやったのに。もう二度と作らん！〟と主人が怒ってしまって……」

「しょうのないひとたちね。なんでも経験でしょう？　最初から上手にできるわけがないじゃありませんか。

大体、あなたたちがいけないんじゃない？　〝最初は、一緒に作りましょう〟と誘うとか、うどんのお汁用に昆布やカツオ節を出しておくとか、作り方を教えてあげるとか、やさしい心遣いが必要でしょう？

たとえ味が塩からくても、〝あなたが作ってくださってうれしいわぁ！〟〝ありがとう！〟ぐらい言わなくてはダメですよ。

そのあとで〝次に作るときは少しお塩の量を減らした方がいいかもね。もっと美味しくなると思うわよ〟とやさしく付け足すの。モノは言いようですよ」

こうアドバイスしたのは、長年、管理栄養士をしていた80歳の先輩でした。

「そうなんだよね。何十年も外で働いて稼いできたのに、まるで何もできない子どもに言うように叱るんだから……」

男性の一人がポツンと言いました。ところが、もう一人の男性はニコニコ顔で自信ありげに言いました。

「ぼくはいつも感謝されてますよ。

ここで作った料理をうちでもう一度やるんです。一度やってるから大抵うまくいくんです。

きみね、自分だけここに来ないで、ご主人も一緒にお連れしたら喜ばれるんじゃないの？」

さて、あなたのお宅ではいかがですか？

7　あら！　目線はわたしじゃなかったの？

ある日、友だちの地域の自治会館で「お弁当を食べる会」があり、20名ほどのシニアが集まったのだそうです。

みんなでコの字型のテーブルを囲み、若いボランティアたちが作ってくれたお弁当をありがたく戴こうとしたとき、なかに男性シニアが一人いるのに気づきました。

彼は別に緊張する様子もなく、女性のシニアたちとおしゃべりをしながら楽しそうにお弁当を食べていらしたそうです。

「3年前に妻が逝ってしまったので、いまは独り暮らしなんですよ。こういう会があると嬉しいですなぁ」と、ニコニコ笑っていらしたとのこと。

「よく頑張っていらっしゃるわねぇ」と、すでに独りになった未亡人たちが彼を褒め、「困ったことがおありでしたらご遠慮なくおっしゃってくださいね」と、いたわりの言葉をかけていました。


食後、警察官として講義するために参加したという女性から「オレオレ詐欺に注意しましょう!」という話があったのだそうです。

そのあとでクイズ式にいろいろな質問があり、シニアたちは、それぞれに渡された○と×のカードを上げて回答しました。

その質問の仕方がプロ並みのおもしろさで、みんなは声をたてて大笑いしたとのこと。

2時間後、「ああ、楽しかった! 今日はいい一日でしたねぇ」と、それぞれ手を振って家路につきました。

数年前、友だちも夫をすでに亡くしていましたが、「上を向いて一歩こうおよー」と坂本九の歌を歌いながら桜並木の下を両手を振って元気に歩いていました。歩道の角で子犬を連れた近所のご主人と出会い、お互いに挨拶をしました。

角を曲がって1本右の道を歩いていますと、向こうでしきりに手を振るひとがいます。生協でご一緒の、さっき出会ったご主人の奥さまでした。友だちもすぐ手を振りました。そしてお互いに顔と目が見えるところまで近づきました。

友だちはもう手を下ろしていました。でも、奥さまはなぜかまだ手を振っています。おまけに、目と目が合う距離なのに目線が少しズレているのです。

「こんにちは！」と声をかけても返事がありません。

「なんだか変ねえ。どうしたのかしら？　目がわるいのかしら？」

フイとうしろを振り向きました。なんと！　少しうしろに犬を連れたご主人が笑顔で立っていらしたのです。

ずっと友だちのうしろを歩いて来られたらしいのです。

「ああ、あの奥さまが手を振られたのはわたしにではなくて、ご主人にだったんだわ！　道理で目線が合わないはずね」と納得。

いつもだったら悲しくなって涙ぐむところだったのに、この日は、もうおかしくて、おかしくて、友だちはクックックックックッと笑いながら家に帰ったのだそうです。

いいですねぇ！　こんな夫婦でいられて。あなたはどうですか？

8　病院の待合室はおもしろい⁉

これは、ある総合病院の待合室での話です。

病院の待合室は多くの病人が診察や薬の順番を待っている部屋ですから、大体は陰鬱で静かなものです。

ところがどういうわけか、この日は違いました。たまたま話し好きのシニアの奥さま同士が隣に腰掛けていて、おしゃべりを始めたのです。

「わたし、この病院は初めてなんですけど、奥さまは？」

「あら！　わたしもですよ。なんだかひどく待たされそうですねぇ」から始まりました。

「以前、呼吸器科の個人病院に通ってたんですよ。先生がハンサムで、初老の紳士だと評判だったものですからつい……。

最近、ごはん粒やお茶がよく喉にひっかかるものですから、どこかおかしいのでは？　と不安になりましてネ。

まず、レントゲンを撮られたのですが、特に心配するような病気はないとのことでした。

そのあとで先生が、〝これはごえんですね〟とおっしゃいましたの。〝はぁ？ごエン？　あぁ、思いがけず先生とのご縁ができまして。

ホッホッホッとわたしはつい笑ってしまったんです。

すると先生は、真面目な顔で、

〝その『ご縁』ではありません。ゴ・エ・ンです。

食べ物やお茶が食道ではなく、気管の方へ入ることです〟と。

〝あ〜、誤飲のことですかー？〟

〝ちがいます『ゴ・エ・ン』で・すッ！〟

先生は男前の顔にシワを寄せて、わたしのカルテに『誤嚥』という難しい文字を書き込まれました。そんな難しい字は普段使いませんからねぇ。

まぁ、『ご縁』と思ったわたしがおかしいんですけど、思い出すとおかしくて、フッフッフ……」


「奥さんはおかしくなるような話でよかったですね。

わたしなんかひどい目に遭ったんですよ。庭の草取りをしてるとき、なんの虫だったのか足首の上を刺されましてね。ひどく腫れたんですよ。

すぐ近くの皮膚科に駆け込みました。それは貰った薬ですぐ治ったんですが、そのあとがねぇ！

「まぁ！　なにかいけないことがあったのですか？」

「ええ。それまでなんでもなかった足の指がかゆくなり始めたんです。それでまた同じ皮膚科に行ったんです。

ところが〝ミズムシ〟だって言われて。

こう見えても、わたし、足だけはきれいで自慢してたんですよ。変だなぁ？と思った途端、パッと思い出しました。

先日、ここに来たとき、指先を包帯で巻いた中年の男性が脱いだスリッパをすぐ履いたことをね。あのひと、ミズムシだったんですよ！

きっとうつったんです。それで若い看護師さんに言いました。

〝ここは皮膚病の人が来る病院なのに、なぜ他人が履いたスリッパを履かせるんですか？〟って。

彼女の明るかった声がムッとした声に変わって、

〃だったら、次回から自分のスリッパを持ってきたらいいでしょ！〃って。

それから数日後、患者さんが自分の靴を履いたままで入れる病院に改善されたんですよ。意見は言ってみるものですね。おもしろいでしょ？　ハッハッハッ……」

「それはそれは。大変勇気のいるご発言でしたねぇ。ご立派です！

そういえば、私の友だちがこんなことを話していましたよ。

近所に評判のいい整形外科の個人病院があるらしいのですが、友だちは、ちっともいいとは思わないのだそうです。

なぜって、道路から入り口までが5段の階段になっているんですって！

腰痛のひと、松葉杖のひと、車いすのひとたちがどんなにつらい思いをしているかを毎日見ているからなのだそうです。

〝医師としては優れた方でも、患者さんたちが病院の出入りにどんなに苦労しているかまでは気づかれないのでしょうね！　こんなのおかしいわよ〟って」

どちらも同じ「おかしい」話なのですが、内容がずいぶん違いますね。

あなたもこれらに似たようなおかしな経験がおありですか？

9　5月3日は「ゴミの日」？

２０１７年の5月は３（憲法記念日）・４（みどりの日）・５（こどもの日）・６（土曜日）・７（日曜日）と休日がつづき、まさにゴールデンウィークでした。

もっとも、この連休を取れたのは、ほとんどが恵まれたサラリーマンかサラリーウーマンの家族だったでしょうけど。

ところが、３日が「憲法記念日」で、現在の憲法が制定され、施行されたのを記念する日だということは少ししか報道されませんでした。この憲法のお陰で日本は戦争をすることなく、70年以上、曲がりなりにも平和な生活を保てたのに、です。

かつて戦争と敗戦の苦難のなかから立ちあがったシニア世代は、今、そのことを知らない世代が多いことに気づき、悩まされています。


5月3日の朝7時、友だちがいつものようにテレビをつけたら「今日は5月3日、憲法記念日です。またゴミの日でもあります」という言葉が聞こえたのだそうです。

「ゴミの日？」確かに5・3は「ゴ・ミ」と読むこともできますし、最近は考えるべき身近な重要問題でもあります。

しかし、戦火のなかを逃げ回り、「二度と戦争に加担しない」というすばらしい「9条」を守ろうと誓い、平和運動にも参加してきた80歳の恵子さんは、最近の世界情勢や日本政府の意向に疑問を抱き、第二次世界大戦前に似た怪しげな空気を感じていました。

そして、なるべく早く、4人の孫たちに「自分の戦争体験を語ろう」と思いました。

(巻末付記「少女が見た戦争」参照)

1　5月3日を「平和憲法の記念日」として堂々と報道し、皆が心に留め、二度と戦争をしない日本を若い世代に残そうと努力するのか?

2　「ゴミの日」としてゴミを少なくすることを心がけるのか?

3　それとも、残りの人生を1と2の実現に向けて行動するのか?

地域の高齢者用サロンで彼女の話を聞いたシニアの友人たちは、真剣に考え始めました。

そして食べること・遊ぶこと・受験などにばかり夢中になって、戦争にはまるで無関心な子世代や孫世代にも「きみたちの未来がかかっているんだよ」と語り始めました。


もう一つは、「世界に日本の憲法を広めよう」と長年、活動している人の話です。

「9の日」に地域でビラ撒きをしていた70代の女性が、

「あなたはまだ選挙権がなくて残念だけど、お父さん・お母さんと一緒に読んでみてね」と、女子高生にビラの1枚を手渡したのだそうです。すると、

「へぇー、憲法のはなしですか〜？　あっ、習った、習った。たしか十七条憲法とか言うんですよね？」

「えっ！　十七条憲法？　聖徳太子の？」

「そうそう！　聖徳太子のだった〜」

戦争体験者でシニア世代の彼女はなんとも言いようがなくて、絶句したままだったそうです。


さあ、あなたはどう思いますか？

10　人生のウラって？

また、川柳くらぶの友だち恵子さんの話です。

年2回、つまりお盆後の8月と年末の12月にこの川柳くらぶの宴会があるのだそうです。

最近は、お酒やビールを飲みながら料理と異性とのおしゃべりを楽しめる宴会が増えてきています。

特に、いろいろなグループに入っている男性シニアが多くなったようです。

いつもは真面目に川柳を詠み、入選か落選かで一喜一憂している女性シニアたちも、この日はおしゃれをして、いつもより口紅が濃くなるそうです。それで何が変わるというわけでもないのでしょうが、おもしろいですねぇ。

8月下旬のある日、川柳くらぶの仲間たちが豆腐料理店の一室を借り切って、賑やかに飲んだり食べたりしていました。

すると、座席の真ん中に陣取っていたメタボ腹のGさんが、おちょこを持ち上げて目の前の恵子さんに語りかけました。

「ねぇ、恵子さんよぉー、あんたはいつもキリッとして、川柳だって真面目な句が多いし、人生を楽しんでるんか〜い？」

「ええ、お酒はあまり飲めませんけど、いろいろと趣味もありますし、楽しんでますよ」

「そうかそうか、それならケッコー・ケッコー。だけどアタシの見たとこじゃぁ、どーも人生のウラを知らん感じだナァ」

「人生のウラ？　ですかぁ？」

恵子さんは首をかしげました。近くに座っていた二人の友だちもけげんな顔をしていました。友だちは二人とも共働きで、主婦業もガンバっている人たちなのです。

すると、テーブルの端にいた濃い化粧の女性が、

「マジメな奥サマ方にそういうこと言ったってわかるわけないでしょうがー」

と助け舟を出してくれました。

「まぁ、そのうちアタシが教えて上げるからネェー」

で、この話はオシマイに。


ところが、次の例会で聞いたニュースに全員が絶句！

あの宴会の1週間後、Gさんは帰宅途中の電車の中で突然、倒れてそれっきりだったとのこと。脳梗塞だったそうです。

恵子さんほか「人生のウラ」にけげんな顔をしながら、反面、「そのうち教えて上げるから」にいくらか期待もしていた女性たちは、Gさんの突然の死去に哀悼の意を表すると同時に期待ハズレという残念さもあって、じっとうつむいていたということです。

人の命の明日はわからないものですね。

ところで、「人生のウラ」とは、どういうことなのでしょうか？

11 〝のれん〟に裏と表がある⁉

新緑の美しい5月。どこへ行っても、元気でヒマなシニアたちが歩き回っています。最近の特徴は、男性グループが増えてきたことでしょうか。

「こんなすばらしい緑あふれる季節に、家にいるのはもったいない！」

恵子さんたち女性だけの仲良しグループ10人も、集会の1週間後、伊豆に行くことになりました。

日中はハイキングで汗をかき、その後、夕食まで自由に温泉を楽しみ、夕食後も温泉三昧という、シニア主婦にとっては贅沢な1泊旅行です。

みんなで特急の時刻表を見ながら集合時刻を検討しているとき、突然、恵子さんが「あっはっ、は、は……」と大声で笑いだしました。

「いつ思い出してもおかしくて、おかしくて、あっは、は、は、は……」

「何がそんなにおかしいの？　わけを教えてよ！」とみんなにせがまれて、

「誰にも言っちゃダメよ。ここだけのハ・ナ・シ。わかった？」

恵子さんは最初、小さな声で話し始めましたが、いつの間にか興奮して大きな声に変わっていました。


まだ60代前半だったころのことだそうです。

フォークダンスのグループ20人が箱根の温泉旅行に行きました。

このときはハイキングではなく、1時間だけみんなでダンスを楽しんでから温泉に入りました。

とても立派な大きな温泉宿で、廊下を右へ左へ何回も曲がったところの突き当たりが彼女たちの部屋でした。

窓を開けると、正面に芦ノ湖と赤い鳥居が見えました。景色をうっとりと眺めるひと、はやばやと浴衣に着替えて温泉に行くひと、ジュースやお菓子を広げるひとなどさまざま。

恵子さんは〝先ずは温泉〟と、みだれ籠にあった浴用タオルを持つと廊下の指示板に沿って大浴場に急ぎました。

白地に赤紫で「ゆ」と書かれたのれんに気づき、すぐのれんをくぐりました。

そこは女性の脱衣場でした。大きな温泉宿だけあってロッカーが何列も並び、あちこちに半裸の女性たちがいました。

恵子さんは当時64歳。小柄で体重は43・5キロ。細身で下腹も出ていないスマートな体型だったとのこと。

「今はもうダメ！」と丸く膨れたおなかを叩きながら笑っていました。

服を脱いで、細長い浴用タオルを両手で左右の鎖骨に当ててしっかり押さえ、前に垂らして浴場の方へ急ぎました。でも、いくつも並んだロッカーを曲がっているうちに浴場の入り口がどこにあるのかわからなくなってしまいました。

他の人たちはいつの間にか見えなくなっています。

突然、目の前にのれんが現れました。真ん中で布がふたつに分かれていて文字が見にくいのですが「**ゆ**」らしい文字が見えました。

「ああ、ここだわ」

ほっとした恵子さんはのれんをくぐり一歩前に出ました。

変です！　あるはずの大浴場がありませんでした！

突然、「キャーッ！」と女性の叫び声がしました。気が付くと、フロントの前でした。

「アーッ!!」恵子さんは思わず両手を上げました。胸の前に垂らしていたタオルが足元に落ちました。

「キャーッ!!」今度は男女数人の叫び声でした。恵子さんはニコッと笑うと落ち着いてタオルを拾い上げ、クルリと向きを変えました。

後ろで大きな笑い声がしていましたが、

「ま、仕方がないわね」

と苦笑しながらなんとか大浴場に辿り着きました。

そしてゆっくりと露天風呂に浸かったのだそうです。

今の失敗をどうしても胸にたたんでおくことができず、露天風呂にいた親しい友にそっと話しました。

ところが！　夕飯の宴席ではもう大笑いが起こっていました、とさ。

まじめなあなたにも、こんな失敗談がありますか？

12 「愛する」ってどういうこと？

5年ほど前の、高校同期会のあとでの話です。

気の合った友だち数人が集まって二次会をやったときのこと。

「ねぇ、人を愛するって、夫婦が愛し合うって、ほんとはどういうことなのかしら？」

なかで最も裕福な暮らしをしている美人で幸せそうな友だちが、意外にも、真剣なまなざしで尋ねました。

恵子さんも同席していましたが、70歳を過ぎてからもこんな疑問を抱いているひとがいるなんて、ほんとに不思議！　と思ったとのこと。

「まぁ！　いまごろそんなことを尋ねるなんて、あなた、どうしたの？」

「ご主人はいい方だっておっしゃってたでしょ。うまくいってないの？」

「確かお子さんもお孫さんもいらしたわね。愛し合ったからお子さんが出来たんでしょ？　おかしなひと！　笑っちゃうわ、フ、フ、フ……」

「あちこち海外旅行をしたり、歌舞伎・バレエ・コンサート・ホテルでのお食事と、あなたは誰よりも恵まれて幸せそうに見えたけど？」

みんながそれぞれに意見を言いました。

「ええ、なんの不満もなく幸せだと思ってますよ。でも、私たちの結婚は親が決めたものでしたから、恋するとか愛するとかが本当はどういう気持ちのものかがよくわからないの。映画やドラマで観る愛とは何かが違うような気がして。ねえ、恵子さんは大恋愛で結婚されて、早くに亡くなったご主人を思い出すといまでも泣くの、といつかおっしゃってたでしょ？　私、そういう気持ちがよくわからないの。そりゃあ、寂しいという気持ちはあるでしょうけど、反面でせいせいするひともいるみたいね。

多分、夫を、妻を、愛する愛し方が違うのではないかと思えるのよ。あなた方のことを教えていただきたいの」


それこそ、いまどきの若い世代にはわからないことかもしれませんが、現在、70代以上のシニアたちは親や仲人の口入れで結婚した人が多かったのです。

それでも、幸せな結婚生活を送っている人たちは大勢います。

結婚後、愛が芽生える、という例も少なくないからです。


「夫婦といってもいろいろなタイプがあり、いろいろな愛し方があるでしょうから、ちょっと難しいわねぇ。いつ・どのシーンを思い出しても懐かしくて涙が出る私がおかしいのかもしれないけど。

でも、私たちの愛の基本は、〝相手を喜ばすために自分がいる〟ってことだったの。それははっきりしてました。それなのに、夫はガンではやばやと逝ってしまって……。彼の無念を想うとつらくて……」

恵子さんはしばらく泣いたあと、涙を拭いて続けました。

「例えば、きれいに髪を整えて、新しいブラウスを着て、彼の帰宅を玄関で迎えるでしょ。すると、

〝オー、美容院に行ってきたの？　そのブラウスも素敵な色だねぇ。よく似合うよ！〟って抱きしめてくれるの。それでふたりともニッコニコ。

朝、会社へ出掛ける彼をいつも路地の角まで見送ってたのよ。そのとき離れがたくて、つい〝わたしも一緒に会社に行きたいわぁ！〟って言ったことがあるの。そしたら、〝一緒に行くかい？　だったらエプロンはずしてサンダルを

靴に履き替えて、バッグとお財布を持ってこなくちゃね。ここで待ってるから急いで!〟って。

もうびっくりして、〝ううん、ただ言ってみただけ! じゃ、行ってらっしゃ〜い〟で、ふたりともニコニコしながら手を振ってたのよ。

お料理も、いつも彼の喜びそうなメニューを考えて、栄養のバランスにも配慮してつくってたわね。

日曜日に洗濯や掃除をしようとすると、〝今日は日曜日だよ。主婦業も休みにして、みんなで遊びに行こうよ!〟って。

子供二人と一緒に近くの海岸に行って貝殻を拾ったり、親子で近くの丘に登る競争をしたり。

うちはあなたのお宅のように裕福ではなかったので、大したことをしていたわけではないのよ。でも、毎日が明るくて楽しかった!

夫はおおらかで、ほんとに心の温かいひとだったの！」

恵子さんの眼にはまた涙があふれていました。


「ふ〜〜〜〜〜ん」

愛について質問した友だちどころか、そこにいた全員がなんだかポーッとした顔をして、何も言いませんでした。

何かいけないことを話したのではないのかと、恵子さんも黙りこんでしまったのだそうです。

あなた方ご夫婦の愛は、どんななのでしょう？

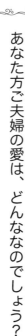

13　異性の友だちをお持ちですか？

猛暑のつづくなか、体調を崩してゴロゴロしていた恵子さんに今朝、電話が入りました。

オレオレ詐欺にひっかからないよう、最近は特に男性の甘い声には気をつけていたところでした。

でも、違いました。聞き覚えのあるやや低めのバリトンの声でした。

「あっ！　あの社長さんの声だ！」

1年振りくらいに聞く懐かしいお声でした。長年、なにかとお世話になっているこの社長さんとメール交信はしているのですが、直接会話することは滅多にありません。でも、数少ない異性（男性）の友だちのお一人です。恵子さんだけがそう思っているのかもしれませんが……？

久し振りの電話の声に突如、恵子さんのハートが震え出しました。体調のよくないこのごろ、低めだった自分の声のトーンが上がっていることに恵子さんは気づきました。会話の内容は猛暑見舞いと体調のことなどで、甘い話などは一つもありませんでした。

「どうぞお大事に！」とお互いに別れの挨拶をして受話器を置いたとき、恵子さんの顔も体も汗びっしょり！

なんと！　涙さえ滲んでいました。

「涙は心の汗だ」という言葉をなにかの本で読んだことがあります。

お互いに「愛」や「恋」の感情はなくても、人間同士の「友情」があります。たまに異性と話すこと・会うことは、同性からは得られない貴重な何かを得られるのでしょう。

医学的にはホルモンの出がよくなる、精神的には心が癒やされるなどといわれます。確かに、なんだかウキウキした気分になりますし、鏡を見ますと、肌にツヤが出てきた感じがします（少しオーバーかな？）。

異性との会話は、いまはやりの高価なサプリを服用するより効果的かもしれません。

そこで、恵子さんのアドバイスです。

男性で女性の友だちのいない方、女性で男性の友だちのいない方、いまからでも遅くはありません。もちろん、配偶者がいらしてもいいのです。

異性の友だちを持ちましょう！　そして会話をしましょう！

人生が明るく楽しくなりますよ。

ただし、そこから先は「われ関せず」だそうです。


いかがですか？　すでに異性の友だちに囲まれている方はいいとして、そんなこと！　と思っていた方は即、実行です。お幸せを祈ります。

14　スイカひと切れが「地獄で仏」？

猛暑・酷暑・猛暑・酷暑……、いつまで続くのかしら？　と思っていると、今度は突如、台風で、暴風・豪雨・落雷・崖くずれ！

もし私が科学者なら、宇宙ステーションや宇宙船などより先に高気圧や厚い雲を適当に分散させる研究をして、地球全体を少しでも心地よい環境になるようにしたいワァ……などと、恵子さんは今日も汗をかきながら空を見上げていました。

20年くらい前までは、節電のため冷房は1日約1時間。室温が30度を超えたときだけ。ほとんどが小さな保冷剤をハンカチタオルにくるんで首に巻き付けていました。友人たちも古い無垢の木の床に寝転んで昼寝をしていたようです。

涼風の　吹き抜ける床　心地よし
　　　酷暑なる日々　われ大文字　（京）

キンコーン！　玄関のチャイムが鳴りました。いつもの時間です。

「ハーイ」恵子さんは病気でヨタヨタになった脚を引きずりながらやっと玄関に出ました。

ドアを開けると、首にタオルを巻いたいつもの宅配便の配達員さんが小さなダンボール箱を抱えて立っていました。顔が真っ赤です。汗なのでしょうか？まつ毛が濡れています。ハァハァと荒い息をしています。

そうだ！　恵子さんはいきなり彼を玄関のなかに引き入れ、いつも置いてある小さな椅子に掛けるよう勧めました。そしてすぐキッチンに行き、2枚のお皿にひと切れずつ真っ赤なスイカを載せた大きなお盆を抱えてきました。

「さあ、食べましょ！　どうぞ!!」

恵子さんはいきなりスイカにかぶり付きました。すかさず彼もかぶり付きました。そしてふたりで大笑いしました。

「あー、地獄で仏だ！　美味しかったです。ごちそうさまでした」

「私も美味しかった！　一緒にスイカを食べる人がいてよかったわぁ」

47歳から独り暮らしだった恵子さんの目がうるんでいました。

配達員さんはニコニコしながら、バイクで走り去っていきました。

あと片付けをしながら恵子さんは吹き出してしまいました。

「地獄で仏、ですって！」

彼が言いたかった意味はよくわかっていました。が、つい鏡を見てしまいました。

「うん、もっと仏さまのようない〜いお顔にならなくちゃ、ね」


この日を境に、恵子さんは、猛暑のなかを車やバイクで走り回りながら1軒ごとに止まってはポストに郵便物を入れる人、生協の重たい購入品を届けてくれる人、高い屋根の上で工事をしている人、庭木や道路の雑草を刈り取っている人などが気になりだしました。

毎日の暮らしがこんな人びとの汗によって支えられていることを、肌で感じるようになったからです。

あなたも、こんな経験がおありですか？

15　女子高生たちのおしゃべりにウウッ！

これは、恵子さんがお友だちから聞いた、電車のなかでの話です。

その話を聴きながら、恵子さんは何度も「ウウッ！」と声を上げそうになったとのこと。女子高生たちのおしゃべりの内容があまりに現実的だったからでした。

発車直前に、制服姿の4人の女の子たちが飛び乗ってきました。

恵子さんのお友だちが腰掛けていた座席の右側の空席に、女の子2人が競って腰を下ろしました。他の2人は彼女たちの前に立ちました。背格好とスカート丈から、お友だちは〝高校生だな〟と直感したそうです。

「さっき、〝みんなにおばあちゃんがいる〟ってわかったけど、それで、あなたのおばあちゃんはどうなの？」と、立っている方の一人が腰掛けている方の一人に尋ねました。どうやら前からの話のつづきらしいです。

するともなく目を閉じていた恵子さんのお友だちは、何気なく彼女たちの会話に耳を傾けていました。

「あのね、〝おばあちゃん〟といってもまだ66歳なのよ。背中はピンとしてて肌はツヤツヤだし、海外旅行にも山登りにも行くし、水泳もソーシャルダンスもするし、頭もママよりしっかりしてるの。

2年前、おじいちゃんが亡くなってから〝お金も時間も自由に使えるし、また青春が来た！〟といわんばかり。よく食べる、よく喋る、よく動く。あんなのは高齢者じゃないと思う。大体、今は昔と違うんじゃない？　60代は高齢者に入れるべきじゃないと思うんだけど……」

「そうよ、そうだわね」

「そういえば、朝早くからリュックをしょった、元気そうなおばさんたちのグループがよく電車に乗ってるわねぇ。もしかしてあの人たち65歳以上で、年金付きの気楽なおばあさんなのかもね」

恵子さんのお友だちは「ふ〜ん」とうなずきながら、かつて自分にもそんな時があったことを思い出していたそうです。

すると、今まで話していた女の子が「あなたのおばあさんは何歳なの？」と、さっき質問した友だちに尋ねました。

「わたしのおばあちゃんはもうすぐ90歳なの。おばあちゃんもママも結婚するのが遅かったらしくてね。おばあちゃんはもう何かをする気力も体力もないらしくて、いつも静かにソファの上に座ってニコニコしてるだけなのよ。テレビをつけても〝ありがとう〟というだけで、観てるんだかどうだかよくわかんない。

ママが〝お食事ですよ〟といっても一度で聞こえたことがないらしいの。少ししか食べないのに、いつも〝ごちそうさまでした〟とか〝ありがとう〟ばかり言ってるの。どこを見ているのか、何を考えているのか、何が楽しいのか、わたしにはさっぱりわからないの！

〝おばあちゃんは心臓がわるいから〟ってママは心配してるけど、パパは実の息子なのに〝成るように成るさ〟って平気な顔をしてるのよ。

わたしが小さいときはよく絵本を読んでもらったし、トランプや折り紙も教えてもらったけど、今はもう何もしなくなった。わたし、学校や友だちのことで忙しくて、おばあちゃんの相手をするヒマがないしね」

「へえー、90歳になるとそうなっちゃうんだぁ」

「でも静かで、ニコニコ笑ってるだけってのもいいよねぇ」

「〝ありがとう〟って言えるのも素敵だよね」


女子高生たちの感想もいいなぁと、お友だちは感動したそうです。


ところが、今までひと言も口をはさまなかった立ちんぼうの子が、「みんないいねぇ！」と羨ましそうにつぶやきました。

「なんでぇ？」「どうしてぇ？」と3人がいっせいに彼女の顔を見たのだそう

です。

「うちのおばあちゃんはどういったらいいのか……？　半分は60代のおばあさんで、半分は80代のおばあさんかな？

つまり、以前のように気力も体力もないのに口ばかりは達者で、ベラベラ・ベラベラよく喋るのよ。

〝私はもの忘れはよくしますけど、気はまだ確かですからね〟といつも言って、ママのすること・私のすることにイチイチ文句を言うのよ。

〝そう言うんだったら、お母さん、自分ですればいいでしょ？〟とママはいつも言い返すの。

でもね。おばあちゃんはもう高い所には手が届かない、重たい物は運べない、難しいことはめんどくさい、なの。

ママはいつも〝口ばかり達者で行動が伴わない。70代がいちばんイヤな世代だわ〟とブツブツ言ってるのよ。50代の自分もいつか必ずその道を通るのにね。わたし、おかしくって、いつも笑って眺めてるんだけど」

「そうなの？　70代のおばあさんって、要するに中途半端ってことなのね。人によっても違うでしょうけど、嫌がられる年代って歳取ってもあることを知らなかったなぁ」とお友だちははじめて気づき、感心したそうです。

次の駅で女子高生たちはガヤガヤと喋りながら、みんな降りてしまったのだそうです。

「あっ！　わたしたちも70代よ！」

突然気づいたお友だちと恵子さんは、体をゆすって大笑いしました。

さて、あなたは何十代で、どんなおばあさんでしょうね？

16　このプラスティック容器は〝チン〟用に作られた？

しばらく体調を崩していた恵子さんのお見舞いにと、学生時代の友だち二人が訪ねて来ました。ご持参のケーキと紅茶を楽しみながら、三人は久し振りのおしゃべりに時の経つのを忘れるほどでした。

独り暮らしの恵子さんはいつも会話に飢えていましたので、このひとときがどんなに嬉しかったかしれません。

遠慮のない話をしたり声をたてて笑ったりしていると、いつの間にか表情が明るくなり、気持ちが癒やされていくのがわかりました。

「あっ、そろそろおいとましなくちゃ！　恵子さん、もう疲れたでしょ？」

「あなた、大丈夫？」

「大丈夫、大丈夫！　あなたたちと話してると、元気になっていくのがわかるのよ。どんなお薬より効き目があるみたい。ありがとう！」

恵子さんの目にうっすらと涙が滲んでいました。

「よかった！　来た甲斐があって……。最後にもう一つ、おもしろい話があるんだけど、どうしようかな？」

「聴かせて聴かせて！」というわけで、友だちが神妙な顔で次のような話を始めました。


おじい様がフィンランド人の外交官だったという方の話。

色白で少し青みがかった目をした素敵な60歳くらいの奥様が、最近、近所に転居して来られたの。おばあ様とご両親は日本人だとのことなので、彼女には4分の1だけ外国人の血が入っているのかしらね？

ところが彼女と話してると、まるで江戸時代か明治時代のお姫様と話してるのかと思えてしまうのよ。

「申し上げます」「さようでございますか」「お足元が」「きれいなおぐしで……」などなど、現代の日本人が普通の会話では使わない言葉がつぎつぎに出てくるの。

ある日、30代のお嬢さんが、フタに小さな穴の開いた新しいプラスティックの容器を買ってきて「これはチン用に作られたものよ」と手渡されたんですって。すると、

「まぁ、天皇陛下のために作られたものを！」と奥様は押し戴かれたのだそうです。でもお嬢さんは「え？　なにか言った？」と首をかしげたまま部屋を出て行ったんですって。

これを聴いていた恵子さんは突然、大声で笑い出しました。友だちも笑い出しました。

「アッハッハッハ……」

「ご両親の教育のせいかどうかわからないけど、笑っちゃうわね。日本語かどうかわからないような変な言葉を使う今の若い人たちに聞かせてみたいわねぇ」

「とにかくおもしろい話ね！　ハッハッハッ……」

3人は最後に大笑いして、「バイバイ！」と手を振って別れたのでした。

なぜおかしいのか、あなたはおわかりになりましたか？

お嬢さんのチン……電子レンジ

奥様のチン……朕

（国語辞典で調べてみて！）

17 リサイクルショップで買っちゃった!

「すみません、ちょっとー、恵子さん、恵子さんってば!」

名前を呼ばれたような気がして後ろを振り向くと、以前、川柳くらぶでご一緒だった6歳年上の村田さんがニコニコ顔で手招きしていました。

病院から帰る途中のバス停近くでのことでした。恵子さんが村田さんの傍に近寄っていくと、

「まぁ、しばらくですねぇ。お元気そうで何よりです。お急ぎですか?もしお時間がおありならお昼でもご一緒にどうかしらと思って……。ちょっとおしゃべりもしたいし」

お互いに独り者同士。急いで帰宅することもないと、恵子さんは村田さんとお昼をご一緒することにしました。

近くの中華料理店で、村田さんは〝あんかけ麺〟を、恵子さんは〝中華丼〟を食べながら、久し振りの会話を楽しんでいました。


「あのねぇ。わたし昨日、大失敗をしちゃったんですよ。考えるとおかしくておかしくて……ウフフフフフ……」

何がおかしいのか、村田さんは口に手を当てて笑っています。

「何かおもしろいことがおありだったのですか？」

「そうなの。何回思い出してもおかしくて、笑い出してしまうんです」

「どんなお話かしら？　伺ってもいいですか？」

「どうぞどうぞ」

笑いをこらえながら村田さんが語り出したのは、次のような話でした。

ほら、このごろ、フリーマーケットってあちこちでやってるでしょう? うちの地域の公園でも昨日と今日やってるのね。その前に、自分の出したい物を主催者に無料で渡しておくんですけどね。

着なくなった服とか使わない食器類とかいろいろあるでしょ。わたしもね、そういう物を6点出したのよ。それで昨日、近くの友だちとちょっと覗きに公園に行ってみたんですよ。

皆さん、要らない物がたくさんあるんですねぇ。何枚も敷かれたビニールシートの上に、スカートやズボン、ジーンズ、シャツやブラウス、靴や帽子、お鍋や食器類、マージャン牌やテーブル、ゴルフ用品や釣り道具、シャベルやスコップ、子供用品、本などなど。

夫や子供たちがいるころ必要だった物がハンガーに吊るされたりシートの上に並べられたりしていたんです。

買うつもりなんて全然なかったんですよ！　ただふ〜ん、ふ〜んといって友だちと見物して回ってたの。ところがある物の前で突然、足がとまってしまったの。値段を見たらナント、３００円！

それはわたしの大好きな紫系の小さな花柄のズボンだったのよ。友だちの腕につかまってロングスカートの下に試着してみたらピッタリ！

すかさず「コレください！」って３００円で買っちゃったの。

安くていい買い物したわぁと喜んでいたら、友だちが、

「ソレ、なんだか見たことがあるわねぇ」

って、首をひねっていたのね。

わたしの家の前に着いたとき、突然、二人が同時に思い出した！

「このズボン、あなたが以前はいていたあのズボンじゃな〜い？」

「そうだ！　先日、主催者の方に手渡したわたしのズボンよ。そうよそうよ」


それをすっかり忘れていたとは！

もう、あきれてあきれて、あきれ果てて、二人とも家の前に座り込んでしまった。おかしいでしょ？　ハッハッハッ……。


「そうだったんですか!?　余程お気に入りのズボンだったのですねえ」

恵子さんはそう言って村田さんを慰めました。

が、胸のなかでは「歳を取るとは大変なことなのねぇ」と実感しました。そして、やがて訪れるであろう自分の老いの日々を想像したのでした。

これはおかしくて、ちょっともの哀しいお話ですね。

あなたも、村田さんのように悔やまず、嘆かず、笑い飛ばせるような、明るくて楽しいお年寄りになりたいと思いませんか?

18　お葬式の前に忘れないように、ネ！

このタイトルは、久し振りに訪ねて来た長年の親友が、恵子さんにしたちょっとおかしなアドバイスです。

最近は、高齢者に遺言作成を勧めたり、実際にそれをサポートしたりする会社が増えたと聞きます。テレビでもその書き方を指導する番組がありました。

過日、ある新聞で、恵子さんは遺言や財産相続に関するアンケートの結果をまとめた記事を見たことがありました。そのため、友だちのアドバイスもてっきりそれらに関することかと思い込んでしまいました。

実のところ、40代で未亡人になり、それから働いて二人の子どもたちを育て上げた恵子さんには、いま、お葬式のことなどあまり興味のない話でしたから。


ところが、友だちの話の内容はまったく違うものでした。

彼女がこんなことを考えてわざわざ訪ねて来るなんて！　驚きあきれて！

しばらくは言葉が出ませんでした。

でもすぐに友だちの気持ちがわかりました。「そうだわねぇ！」とお互いの顔を見つめ合い、互いに両手を合わせて叩き合い、大声を上げて笑ってしまいました。


このとき、二人が同時に感じたことは「女はいくつになっても女なのだ」ということ。つまり、女は誰でも骨になってしまう前までは美しくありたい！という願望があるということでした。

お待たせいたしました。

その話の内容とは、「口紅など塗らなくていいから、眉毛だけはしっかり描いてね」と、娘や息子の妻に遺言しておこうということでした。

たかが眉毛のことなど、遺言しておくほどのことかしら？　そう思いませんか？　でも、これには二人にしかわからない理由があるのでした。

それはどういう訳か、この二人の眉毛はやや上へ上がったところで終わって下りの半分がないのです。そのため、起きたらまず両方の眉の下りラインをしっかりと描くことが大切な日課でした。ちょっとおかしなハナシですけど!?

もし、平安時代に生まれていれば、和服姿の二人は、そのままで最高の美女だったかもしれませんが？

現代は、女性がえらく眉毛にこだわる時代ですからね。


丁度、体調を崩して家に引きこもっているときでしたから、恵子さんは会話が欲しい、誰かと笑いたい、と思っていたのです。

そんなとき、寒いなかを遠路訪ねてきて、こんなおかしな話でお互いを大笑いさせてくれる友だちがいるなんて！

感謝で胸がいっぱいになりました。


お互いに相手のことをよく知っていて、遠慮なくなんでも話せる友だちや、大声で笑い合える友だちは何よりの宝・財産なのだと気づきました。

あなたにもこんなお友だちがいらっしゃるといいですね！

［付記］　少女が見た戦争

1 戦争勃発と一変した生活

私の生家は、知覧特攻隊基地があった鹿児島県の鹿児島市加治屋町にあった。NHKテレビの『西郷《せご》どん』で有名な明治の偉人、西郷隆盛の生誕地の斜め前である。

昭和16年4月、4歳だった私はキリスト教系の幼稚園に入園し、楽しい毎日をすごしていた。

涼しくなり始めたある日、この幼稚園に勤務していた米国人女性の先生が、突然、帰国することになった。園児たちは鹿児島港に行き、日本と米国の国旗を振りながらやさしかった船上の先生を見送った。

間もなく12月8日になった。日本軍の真珠湾攻撃によって先生の母国・米国と戦争が始まった、と知った。

この日を境にして、穏やかだった私たち庶民の生活はあっという間に変わってしまった。

地域のお兄さんたちは、赤紙で次々に兵隊さんになった。

残ったお父さんたちは毎日、軍事訓練で仕事どころではなくなった。

女学生のお姉さんたちも軍需工場に駆り出されて勉強などできなくなった。

隣組の婦人会は皇国婦人会となり、お母さんたちはモンペをはいて竹ヤリやナギナタを持って連日、「エイ、ヤッ！」と刺す訓練をさせられた。

水の入ったバケツをリレー式に屋根まで運ぶ訓練もさせられていた。

隣組の組長だったおじさんが急に威張りだしていた。

小学生・中学生の男の子たちは、庭や川辺に立てられた柱を木刀で左右から叩くのが日課となった。

お母さんたちが家事に専念できなくなったため、私も小学生になると家事を手伝わされた。

松・桜・みかんなどの木々が茂り、築山のあった庭は畑になった。そして間もなく、畑の半分は掘り起こされて防空壕というものになった。

食べものは種類も量も日ごとに少なくなり、遂に配給制になった。米・麦は少ししかなく、代わりに潰れた脱脂大豆や栗、切り干し大根が主食となった。

砂糖やアメ玉など見ることさえなくなった。

そのあまりの変化に、私はよく母に尋ねた。

「どうしてお米がないの？　お兄さんたちはどこに行ったの？」「竹で誰を刺すの？」と。

母はうつむいて黙っていた。

ある日、ラッパと太鼓の大きな音がして、近所の人たちが大通りへ駆けて行くのが見えた。母がタスキを肩に掛けて駆け出した。私もあとを追って駆け出した。

大通りではカーキ色の軍服を着た兵隊さんたちが列になって歩いていた。皆とても疲れた様子で、足を引きずっているひとや今にも倒れそうなひともいた。

突然、バシッ！　バシッ！　という音と、「歩け！」という大きな怒鳴り声がした。

人垣の間から覗くと、兵隊さんが一人倒れていた。顔の皮が剝けてザクロのように肉が裂け、血が垂れていた。かわいそうに、と思う間もなく、その顔にバシッ！　とまた何かが当たった。

コワイ顔をした恰幅のいい男が幅広の革のベルトでその顔や体を打ち据えていた。

周りの人たちは声も出なかった！

私は歯を食いしばって家に駆け戻った。

それ以降、「戦争」という文字を見て最初に浮かぶのは、この光景である。

2 避難訓練と最初の空爆

日本と米国の戦争は、南の島々で日ごとに激しさを増しているようだった。ラジオから流れる「日本勝利！」という声に、大人も子どもも一緒になってバンザイ！　バンザイ！　と両手を挙げて叫んでいた。

昭和18年4月、私は市立の国民学校に入学した。地域の児童全員が兵隊さんのように並んで通学した。

校門を入るとまず、奉安殿《ほうあんでん》という小さな建物にお辞儀をした。なかに天皇陛下と皇后陛下の写真が飾られているのだと聞いた。

でも、その写真を拝見することは一度もなかった。

学校では連日、避難訓練が行われた。

授業中突然、「ウ〜〜」とサイレンが響きわたる。私たちはすかさず机の下にもぐった。また校庭では「ダダダダダッ！」と爆音が響く。とすぐ地面に伏した。拡声器を使って同じことが何回も繰り返された。

私はこのときいつも、地面に伏したら上から体に弾が当たるのでは？　と思っていた。


昭和20年3月末の夕方、上空からブ〜ン、ブ〜ンというすさまじい音が聞こえてきた。

「日本の飛行機だ！　米国をやっつけて知覧の基地に戻るところかもしれんゾ！」と、近所の中学生たちが橋の方へ駆け出した。

道で縄跳びをしていた私たちも、飛行機見たさにあとを追った。

近くの甲突川《こうつきがわ》に架かった石造りの橋にたどり着いたとき、10機ほどの軍機が鳥が羽を広げたかのようなかたちをして桜島の方へ飛び去るところだった。

私たちは両手を振りながら歓声を上げた。

近所の親しいお兄さんが叫んだ。

「あれには日の丸が付いてなかったゾ。きっと米軍機だ！　逃げろ、逃げろ！」

今度はみんな血相を変えて橋を駆け下りた。

地域では毎日、警戒警報が鳴り響いた。その度に、家にいた家族は庭の防空壕に駆け込んだ。天井と壁は土がむきだしだった。狭い出入り口のフタを閉めるとなかは真っ暗になった。いつも母がローソクに火を点けてくれた。

防空壕のなかは家族がやっと座れるくらいの広さで、片隅に水筒・バケツ・

予備のローソクが置いてあった。

隣組長の警報解除の声が聞こえるまで、私たちは口をつぐんでじっと座っていた。

あれは4月8日の夕方だっただろうか？

鹿児島市は米軍機によって初めて爆撃された。近くの会社や大きな病院など、木造の民家より高い建物が襲撃され、あちこちから炎と煙が上がっていた。

家族は、両親と父の母親（祖母）、女学校の1年生になったばかりの姉を頭に国民学校生の兄・私・妹がおり、さらに4歳の弟と1歳の妹がいる総勢9人の大家族だった。

それでも、「産めよ、増やせよ」のこの時代、特に珍しいことではなかった。

両親の決断は速かった。暗くなる前に全員で家を出て列車に飛び乗った。父は足腰の弱った太り気味の祖母を背負い、母はまだ歩けない末の妹をおんぶして、家族全員の1回分の着替えと貴重品を詰めた頭陀袋《ずだぶくろ》を両手に抱えていた。

姉が妹の、兄が弟の手を引き、私は水筒を肩に掛けて一人であとに従った。

これが私たちの疎開の始まりだった。

③疎開先での生活⑴

1時間半後、満員列車は目的の駅に着いた。

「さあ、降りるゾ！」父の声に母と子どもたちは出口に行こうとあせった。

ようやくホームに降りようとしたとき、祖母が出口の取っ手を掴み手を放そうとしなかった。

ピーッ！　と笛が鳴り、列車が動き出した。

結局、私たちは降りるはずだった駅に降りられず、次の駅まで運ばれてしまった。仕方なく駅舎の片隅に体を寄せ合って座り込み、そこで一夜を明かしたのだった。


早朝、９人は無事に疎開先の母の妹の家にたどり着いた。そこは姶良郡《あいらぐん》の田舎町にあるかなり大きな呉服店だった。

私たちは店舗の後ろにある母屋の客間に通された。

間もなく、着物姿の叔母さんと恰幅のいい男性がにこやかに現れた。

「大変でしたなぁ。今夜からはゆっくいと眠れもんど。さあ、こいから朝ごはんを食べもそ」

「遠慮は要りもさんど」
叔父さんと叔母さんは畳に両手を付いてお辞儀をすると奥へ去った。
若い女中さんが温かいお茶とお饅頭を運んできた。
みんなは大喜びでそのお茶とお饅頭を食べた。

私たちは、屋敷の片隅にある別棟に住まわせてもらえることになった。そこは2部屋あり、台所と便所が付いていた。

その夜は、用意された3組の布団に雑魚寝《ざこね》をした。家族全員が心も体も解き放たれて、ぐっすりと眠ることができた。

2日後、父は仕事のために、姉は通学と家事などのために、二人で鹿児島市の家に帰っていった。

1週間ほど経って仏壇の位牌、母の着物や帯、子供たちの学用品や衣服などと鍋・食器・洗面用具などの必需品が茶箱に入れられて数個届いた。

叔母さんが古い箪笥《たんす》・七輪《しちりん》・洗濯板・盥《たらい》などを貸してくれた。

母は毎日、これらの整理と家事で忙しく、食事のとき以外は動き回っていた。子供たちは学校の宿題などそっちのけで広い屋敷を駆け回り、近くの小川で水遊びをし、友だちが作った竹馬で競争をしたりして、暗くなるまで遊びほうけていた。私は大抵、下の妹をおんぶして遊んだ。

毎日の楽しみは食事だった。米も味噌も、近くの川で獲れる川魚も、ときには地域で飼育している牛や豚の肉もあった。

初めて見て驚いたのは鶏肉ができるまでだった。庭仕事のおじさんが裏庭でコッコッと歩き回っていた鶏を捕まえる。首をキュッと捻る。その首を縄でくくって物干し竿に吊るす。血がポタポタと滴り落ちる。しばらくして羽をむしり取る。

ここからあとは女中さんの台所仕事だった。まな板の上で首をはねると、次々に内臓・肉・骨に分けられた。

お客さんや誰かの誕生日が来たりすると、裏庭の鳥が1羽また1羽といなくなった。

私たちはかわいそうだと思う反面で、おいしい鶏料理のおすそ分けにあずかれるのを喜んだ。

大好きな椎茸が畑ではなくて椎の木の幹に生えるのだということを知ったのも、このころだった。

しばらくすると、2歳年上の兄は庭仕事のおじさんを手伝うようになった。小さな手に重い鍬《くわ》を持って畑の土を耕したり、草を取ったり、子どもながらによく働いた。

父親不在の家族のなかで、すでに長男としての責任感のようなものがあったのだろうか。

4 疎開先での生活 (2)

疎開後、アッという間に2カ月が過ぎた。ある日の深夜、鹿児島市の家にいた父と姉が突然、やってきた。全身汗びっしょりで疲れ切っていた。線路の一部が爆破されたらしく、列車が走れなくなったのだそうだ。乗客たちは列車を降りて線路づたいに歩かなければならなくなった。父と姉も20kmを歩いてきたと言った。

翌日、父が家族の前で「鹿児島の家は米軍機B29の爆弾にやられて丸焼けになった。防空壕に避難しちょって命だけは助かったどん、残ったものはなんもなか。そいでもここに住むところがあってお母さんと子どもたちがおるから、お父さんとお姉さんは火のなかを走って列車に飛び乗った。気張って気張って、歩いて歩いて、やっと着いたとよ。みんな助かったんだぞ！　叔父さんと叔母さんに感謝せにゃいかんど！」と言った。

父は一家の長らしく毅然としていた。しかし、目には涙が光っていた。

姉は母の膝に顔をうずめていた。

後日、市内にいた人たちの様子が伝わってきた。

それによると、米軍機は鹿児島市を囲むように爆弾を落とし、全市を火の海にした。逃げるヒマも隠れる場所もない市民たちは、市の中心を流れる甲突川《こうつきがわ》に飛び込んだ。冷たい水の中で、住宅や木々の燃える炎と空を覆う煙・臭いに呆然としていたという。

その日、最寄りの町村では、鹿児島市の上空が真っ赤になり、その上を黒い雲が厚く覆っているのが見えたそうだ。

実家のあった加治屋町は、江戸時代の末期には貧しい下級武士たちが住んでいたところで、のちに明治の偉人といわれた西郷隆盛や大久保利通の誕生地があった。

昭和の初期、30代の父は苦労してそこに土地を買い、家を建てたのだと聞いていた。その家が瞬時に焼失してしまったのだ。

その上、父の会社も全焼し、収入の道が途絶えてしまったのだった。

それでも、老いた母親と妻、育ち盛りの6人の子どもたちを抱えて生活していかなければならない。

幸い兵隊さんにはならなかったが、40代での生活の立て直しはどんなに厳しかったことだろう。

あとで、父や私たちだけでなく、全国各地で多くの国民が同じような悲惨な目に遭ったのだと知った。

父は休む間もなく、畑地を借りて農業を始めた。取りあえず家族を食べさせる食料を作らねばならなかった。

庭仕事のおじさんの指導や母と国民学校5年生の兄の協力で、慣れない鍬を持って土を耕し、種を蒔いた。

鹿児島市の大空襲のあと、地方でも生活が急に厳しくなった。

疎開して来た当時のように米や肉などが手に入らなくなった。

母が畑仕事で忙しくなったため、私は下の妹をおんぶしていつも夕飯を作っていた。

少しの米に麦とさつま芋のいっぱい入ったごはんと油揚げ・豆腐・葱の味噌汁が主だった。かぼちゃ・大根・人参の煮付けか、そば粉を取ったあとのソバガラを固めて作った天ぷらがあれば上等だった。お代わりなどしたこともなかった。

母はそれらを少しずつ皿に載せて、にわか作りの仏壇に供えていた。夜は、1枚のふとんに妹と背中合わせに寝ていた。夜中になるとおなかがすいてよく目が覚めた。

ある夜、仏壇のごはんと煮付けが目に入った。私はすぐふとんから抜け出すとその皿をそっと手に取り、ふとんのなかに持ち込んだ。そして、音をたてないように妹と二人で食べた。

翌朝、母は空っぽの皿に気づいたはずだ。だが知らん顔をしていた。

今、思い出してもおかしくてたまらない。

5 農村で迎えた終戦

疎開先での生活が軌道に乗り、田舎の学校にも慣れた。昼間は友だちと仲良く遊んだ。

家にはまだラジオがなかったので、夕食後はいつも兄が大きな声で軍歌を歌ってくれた。

「ぼーくは軍人大好きさー

いーまに大きくなったならー

勲章つけて剣下げてー

お馬に乗ってハイドウドウ」

と弟を従えて胸を張り、馬に乗っているかのように体をゆすって歩いていた。

私と妹も後ろに付こうとしたが、「おなごはダメだ！」と追い払われた。

仕方なく私と妹は縁側に寝転んで夜空の星を眺めていた。

ある日、長い髪をした色白の女の子が教室にやってきた。東京からお母さんの実家に疎開してきたとのこと。

疎開者同士の私たちはすぐに仲良くなった。

数日後、彼女が自宅に誘ってくれたので喜んで出掛けた。

賑やかな声のする大広間に10人くらいのお兄さんたちがいて、みんなでお酒を飲んでいた。

「真ん中にいる軍服を着た人がお母さまの弟なの。明後日、知覧の特攻隊に行くんですって。もう帰ってこられないらしいの。わたくし、悲しくて……」

友だちが涙声で言った。

「特攻隊」という言葉は聞いてはいた。が、当時の私はどういう字を書くのか、よく知らなかった。ただ黙って、悲しそうな友だちの傍に立っていただけだった。

昭和20年8月のはじめ、この田舎町の駅舎が米軍の爆撃で一部破壊された。住民たちの驚きと騒ぎ方は凄かった。

子供のいる家族はあっという間に奥の村に引っ越した。

私たちも叔母夫婦の勧めで農家に転居した。用意された馬車にふとんや荷物を積み込み、体を寄せ合って座った。

少し前から言葉がよくわからなくなっていた祖母はなぜかニコニコしていた。

「加治屋町の家に帰るんだと思っているんだよ」と父が言った。

畑や田んぼの続く狭くてゴツゴツした道を2時間くらい揺られてやっと農家の前に着いた。

日焼けした、いかにも農民らしい夫婦が温かく迎えてくれた。

「息子二人は赤紙が来て兵隊に取られもした」と、おじさんが哀しそうな声で言った。

馬小屋だったという20畳ほどの広さの建物が私たちの住まいで、荒い床板が張ってあった。

真夏だったので3枚のふとんを敷いただけで、毎夜、全員そこで眠った。

8月11日、木陰で戸板の上に寝ていた祖母が「ミズ、ミズ……」と言いながら口から泡を吹き、静かになった。

それが人間の死だとは露知らず、私と妹は祖母の周りで遊んでいた。両親は田んぼの草取りでいなかった。

翌日、祖母は大きな樽の中に座らされ、村の墓所の端に静かに埋葬された。お坊さんもいなければお経もなく、家族と農家の夫婦だけで穴を掘り、土をかけた。

祖母の遺骨が鹿児島市の一家の墓地に転葬されたのは、13年後の命日に当たる日だった。

祖母が亡くなった日の4日後、8月15日の昼、日本が戦争に負けたことを知った。

農家のラジオで、天皇陛下自身による「終戦の詔書」の放送を聴いた父は、家族の前で「負けてよかったど！」と言った。

私は戦争には勝つものと思っていたので、その意味がよくわからなかった。

夜、父が小さな声で言った。

「もし、日本がこの戦争に勝ったら軍が益々威張って、国民はどげなひどか目に遭うかわからん。ただおなごは当分髪を短こうしてモンペを着続けるんだ。米兵が乗りこんでくるかもしれんから用心するんだゾ！」

とにかく戦争は終わったのだと、皆ほっとした。

6 終戦直後の小学校

昭和21年4月、私たち一家は疎開先から鹿児島市内に戻った。私は小さなバラック建ての家で家事や弟妹の世話をしていたが、いつも「早く学校に行きたい」と両親に訴えていた。

しかし市立の国民学校はすべて焼失し、新しい学校が建つ気配さえなかった。ある日、父が「もうすぐ県立師範学校の附属小学校が開校するそうだよ」と言った。

ようやく9月に簡単な試験があった。

国民学校が小学校と改称され、6年生の兄・4年生の私・2年生の妹の3人は11月からその附属小学校に通い始めた。

学校の建物は、焼け残った鉄筋コンクリート造りの旧教育会館だった。

近くに薩摩藩主・島津斉彬を祀った照国神社と西郷隆盛の銅像が、正面に県立図書館が残っていた。

先生は担任と教生（教師を目指す学生）3名で、1クラスが男女合わせて30名程度だった。

鉄筋とはいえ、窓ガラスはすべて割れ落ちて内部の床もあちこち焦げていた。鹿児島でも11月は寒い。私たちは勉強どころではなく、先生たちと焼け跡で大きな石油缶や板切れを拾い集め、それで火を焚き部屋を暖めた。ガラスの無い窓から風が吹き抜けるので、私たちはいつも両手をこすりあわせていた。

あちこちが黒く塗りつぶされた教科書は2人で1冊。薄くてすぐ破けるわら半紙のノートと、芯が硬くて色の出ない鉛筆を使いながらも、久しぶりの勉強と学校生活を楽しんだ。

最初はみんな靴がなくて素足《はだし》か古い下駄で通学した。

お弁当は蒸したさつま芋1本かコーリャン入りの塩にぎりが1個あればいい方だった。

忘れられないのは、通学の途中でアメリカ兵からテントの中に誘い込まれ、頭からからだ全体に白い粉を吹き付けられたことだ。

焼け跡暮らしが不衛生だったのか、外国から帰国兵が持ち帰ったのか、南京虫やシラミが繁殖して私たちを困らせていた。コレラにかかって隔離された人もいたからかもしれない。

殺虫剤として直接浴びせられたのは、後年、使用禁止となったＤＤＴだった。

翌年4月、以前の学校跡地に木造の新しい校舎が2棟建てられた。

5年生になった私たちはローマ字を教えられ、ＡＢＣで書かれた童話や簡単な文章を読む練習をした。

また男子が好きな女の子の手を取って教室に入ったり、郵便局や銀行を真似て自分たちで作ったお金の出し入れをしたり、裁判官・検事・弁護士・犯罪者を募って裁判ごっこをしたり、紙芝居を作って列車の中で乗客相手に読んだり、県内の小学校を回って演劇をしたり、毎日が変化に富んでいた。

ある日、先生が「子供たちが大きくて健康な体になるようにと、アメリカから送られた脱脂粉乳というものを配ります」と言いながらコップを配られた。中には牛乳のような白い液体が入っていて底にザラザラしたものが溜まっていた。

一気に飲み干す子、ひと口飲んだだけで二度と飲まない子などさまざまだった。が、先生は押し付けられなかった。

食料は配給制で生活用品も不足し、電気製品一つさえない貧しい暮らしだったが、学校では強制もされず、自由に話し合いができた。

これが「自由」というものか、「民主主義」というものかと、将来に希望の持てる戦争のない毎日が嬉しかった。

しかしその裏で、新憲法に基づいて平和で自由な国として再出発した日本の将来を、大転換させようとする力が働き始めていたとは知らなかった。

今でも、何があっても戦争だけはしてはならないと思っている。

あとがき

著者の原田京子です。
平成30年9月9日（重陽の節句）で満82歳になりました。
高齢とはいえ、まだまだ元気です！

この度は拙著をお読み頂き、ありがとうございました。
タイトルの『読んで　笑って　元気に！』のように、あなたも読みながら・笑いながら・元気になられましたでしょうか？

この文章は、約3年前あるブログに連載されたエッセイで、後日、出版されれる予定でした。しかし、残念ながら実現できませんでした。

その後、印刷会社に長年勤務している娘が母を案じて、この度の出版社「東京図書出版」を紹介してくれ、本として発行することができました。

出版社のみなさまには原稿の校正や本としての編集・出版までの日程と出版後の本の販促など、とてもお世話になりました。ありがとうございました。

今回は原田京子の三度目の出版になりますが、高齢になってから自分の夢を達成できて幸せです。

何かを成し遂げるには多くの人々の協力と助力が必要です。

改めて実感し、感謝しております。

原田　京子（はらだ　きょうこ）

1936年鹿児島市生まれ。栄養士歴任。元通産省認定・消費生活アドバイザー第１期生。企業と消費者のパイプ役・パイオニアとして企業・販売店に提案やアドバイスをする一方で、各地の消費生活センターや新聞・ラジオ・テレビなどで消費者に確かな情報を提供。消費者のための情報誌“Bonne nuit《ボンニュイ》”《おやすみなさい》（現在はBonne nuit《★ボンニュイ★》）を創刊。著書に『寝るくらし・主婦の本音を申します』（日本寝装新聞社）がある。63歳で引退後、オーストラリア・ビクトリア州、アメリカ・ウィスコンシン州の小学校でボランティアとして日本語と日本文化を教えた。生活クラブ生協員30年。埼玉県在住。前著に『緑の丘と羊のナラカン ― わくわくオーストラリア滞在記 ―』（啓文社）がある。

TTS新書

笑えばあなたも若返ります
読んで　笑って　元気に！

2018年11月21日　初版第1刷発行

著　者　原田京子
発行者　中田典昭
発行所　東京図書出版
発売元　株式会社 リフレ出版
〒113-0021　東京都文京区本駒込 3-10-4
電話 (03)3823-9171　FAX 0120-41-8080
印　刷　株式会社 ブレイン

ISBN978-4-86641-169-9 C0295
Printed in Japan 2018

ご意見、ご感想をお寄せ下さい。
[宛先] 〒113-0021　東京都文京区本駒込 3-10-4
東京図書出版